Einmal mehr

Iris Gerlach

Einmal mehr

Gedichte

Herstellung: Books on Demand GmbH, Norderstedt
ISBN 3-8311-4601-2

Widmung

Für Uwe K, meine Familie, Freunde
und alle anderen, die sich auch mit mir auf dieses Buch freuten,
Karlheinz Böhm und seine Organisation ‚Menschen für Menschen'

**„Der Zauber eines Wortes liegt darin,
Bilder und Gefühle in uns zu wecken, die zuvor in unserer Seele ruhten"**

Danksagung

Danke an Alle, die mich inspirierten, darin bestärkten dieses Buch zu veröffentlichen und eintausend Mal mehr an meinen besten Freund Stefan Hof.

Inhalt

Moment

Als wir uns an jenem märchenhaften Tag begegneten
waren es offenbar Engel, die unsere Wege segneten

plötzlich begann mein Herz schneller zu schlagen
und mein Mund verzaubert ein Lächeln zu wagen

noch während ich versuchte annähernd zu verstehen
flüsterte mein Herz, es sei nun um mich geschehen

keine logische Erklärung hielt dem Seelenhoch stand
mein Körper hatte längst vor Sehnsucht gebrannt

Komm

Komm' reiche mir deine Hand
ich entführe dich in ein Traumland

folge mir in eine geheime Welt
wir werden nur tun, was uns gefällt

wir vergessen Alltag und Zeit
ich offenbare dir wahre Zärtlichkeit

lass' uns so schnell wie möglich gehen
wir werden großartige Dinge sehen

komm' vertraue dich mir an
ich beweise dir was Liebe sein kann

Wenn ich liebe

Wenn ich liebe aus tiefstem Herzen
ertrage ich alle Schmerzen

ich liebe ganz und gar
vergesse was einmal war

für eine ganze Ewigkeit
dafür gibt es schließlich Zeit

dann verspreche ich dir Treue
und es gibt nichts, was ich bereue

ohne je große Worte zu verlieren
mein Herz wird eine Sprache kreieren

solange ich lebe, liebe ich dich
und wenn ich liebe, lebe ich

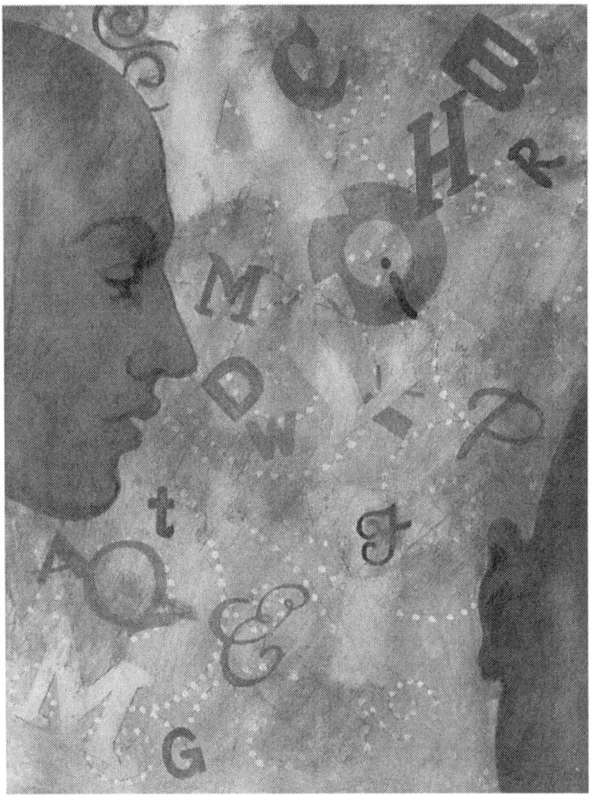

Mehr

Mehr als es das schönste Wort jemals beschreibt
und die herrlichste Melodie unvergessen bleibt

mehr als es ein altes Märchen jemals verspricht
und der romantischsten Vorstellung entspricht

mehr als ein wundervoller Traum jemals ausmalt
und das wertvollste Gemälde ausstrahlt

mehr als ein süßes Versprechen je verrät von mir
mehr als alles andere gehört meine Liebe dir

Deine Musik

Es ist nicht die Aller-Welt-Musik, die so wie alle anderen klingt
und nicht die Noten, nach welchen man üblicherweise singt
deine Liebe ist die Musik, die meine Seele beschwingt

Frag' nicht

Wie weit reicht die Grenze, wenn man liebt für Alles was man nimmt und gibt

Wie tief reicht die Tiefe, wenn man liebt für Zuneigung, die man empfindet und aufgibt

Wie schwer ist das Gewicht, wenn man liebt für Fehler, die man macht und vergibt

Wie stark ist die Kraft, wenn man liebt für Hindernisse, die man besiegt

Wie leicht ist die Leichtigkeit, wenn man liebt, zu sein und Vergleiche, die man zieht

Frag' nicht ob man Grenzen je findet,
weil nur, wenn du liebst
Maß und Wert ins Unermeßliche schwindet

Du

Du bist wie der Schlaf, nach dem ich mich sehne
und der erste Name, den ich flüsternd erwähne
so wie das Glitzern von unberührtem Schnee
und frische Milch in meinem warmen Kaffee
die Wärme des Wassers an einem Morgen
entspanntes Vergessen all meiner Sorgen
wie zärtliches Windspiel in meinem Haar
Erlösung von Heimweh, wenn ich fort war
wie Vorfreude auf Weihnacht in Kindertagen
die perfekte Antwort auf schwierige Fragen
Kuss der ersten Sonne an einem Mittag
alles worüber ich gerne sprechen mag
wie ein ruhiger See, der wilde Rosen trägt
auch das Meer, wenn es hohe Wellen schlägt
Feuer, das wärmt und mir niemals erlischt
ein großes Versprechen, das nie zerbricht
wie lang ersehnter Regenguß nach Hitzezeit
Weite, wenn ich verlange nach Freiheit
die Umarmung, wenn ich Nähe brauche
und Geborgenheit in die ich getrost eintauche
Halt, wenn ich den Boden unter den Füßen verlier‘
und Förderer sollte ich zweifeln an mir
ein Schmuckstück, das Gold in Wert aufwiegt
Blütenstaub, der mit den Sommerwinden fliegt
wie der getroffene Ton in klangvollem Lied
Leichtigkeit, die mich in ihren Bann zieht
frohe Regenbogenfarben an grauem Gewittertag
süßes Leben und Alles, was meine Welt bewegen mag

Nachts

Nachts zaubert der Schlaf behutsam ein Lächeln in dein Gesicht
und durch dein Haar malt sich das silberne Mondlicht

wenn wir unsere Körper auf weichen Kissen aneinander
schmiegen, während Alltagsgeschichten der Stadt im bunten
Lichterglanz liegen

und als wird es niemals anders sein
schlafe ich überglücklich in deinen Armen ein

Quelle Deiner Liebe

Wenn Du den Glauben verloren hast
und alles wird zur schweren Last

verloren die Liebe und das Glück
dann folge mir ein kleines Stück

gestehe dir auch deine Fehler ein
denn das wird die Quelle Deiner Liebe sein

Berührung

Ruhen in deiner zärtlichen und doch fordernden Berührung
meine Augen schließen ohne Befürchtung
mit Leichtigkeit schweben in deinem süßen Kuss
einatmen in unserem Rhythmus

reibungsvoll der kleine Schmerz im Wohlgefallen fließt
und mein Blut heiß durch die Adern schießt

darf mich fallen lassen, wenn du in mich eindringst
fliegen bis du mich zum Atemhoch bringst
ausatmen in der wunderbaren Gewißheit und stillem Verstehen
Hände, die sich finden Augenblicke in die Seele sehen

Noch immer

Noch schlägt mein Herz so nach deinem Rhythmus
verlangt mein Mund ungeduldig nach deinem Kuss

wünscht sich meine Seele einfach von hier fort
lauschen meine Ohren aufmerksam deinem Wort

sehnt sich mein Körper wild nach deiner Zärtlichkeit
noch immer spüre ich unsere tiefe Verbundenheit

Weil Du nicht da bist

Die Sonne scheint nicht mehr für mich
und der Wind trägt meine Tränen mit sich

das Licht der Sterne wird jetzt verglühen
keine Blume und Wiese wird wieder blühen

alle Meere und Flüsse werden zu Eis gefrieren
diese Welt wird düster und ihre Farben verlieren

ich werde vergessen, wie wunderbar Liebe ist
weil du nicht da bist

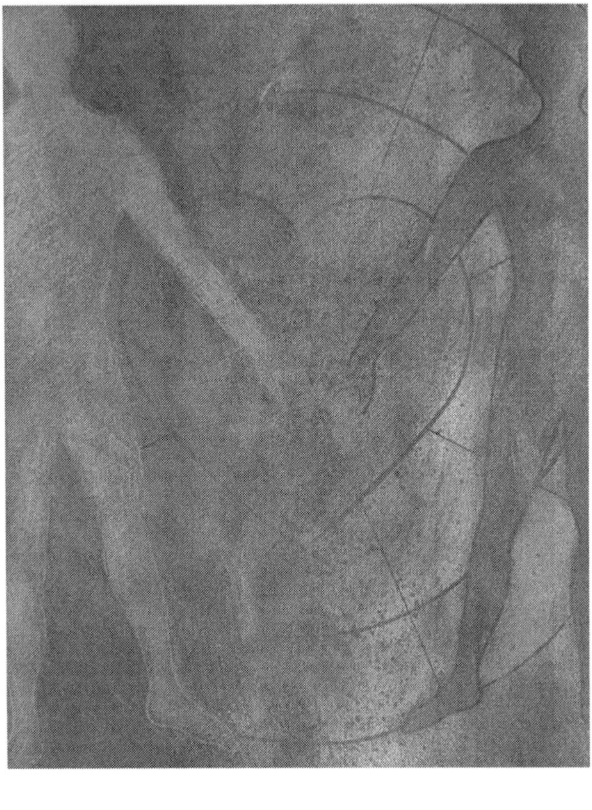

Bitte

Bitte wirf ruhig deinen Zorn in meinen Schoß
lege dein Gesicht in meine Hände
schrei dir den Schmerz von der Seele los

wenn dein Kummer unerträglich ist
lehne deinen Kopf an meine Schulter
weil du der Sorgen müde geworden bist

weine, wenn die Tränen fließen müssen
ich werde dich halten
und deine Traurigkeit fort küssen

Trauer

Ich frage nicht: 'Warum ist es passiert'
weil sich jede Antwort im Entsetzen verliert

plötzlich ist der Raum mit Schweigen gefüllt
unsere Seelen in unsagbare Trauer gehüllt

Herzen, die voller Kummer zentnerschwer wiegen
Augen, die -einst strahlend- im Tränenmeer liegen

das Lachen ziert unsere Gesichter nicht mehr
unsere Welt steht still, vermisst euch so sehr

von einer Sekunde zur nächsten, musstet ihr gehen
ich kann es nicht fassen und werde es nie verstehen

ich lasse Raum für euren Schmerz und Seelenlicht
in unseren Herzen, verlasst ihr diese Erde nicht

Abschied

Es regnete als du sagtest, du wirst gehen
da stand ich nun, versuchte zu verstehen
die Augen schwer und von Tränen getragen
ich wollte dir doch noch so Vieles sagen

scharf wie Messerklingen stach der Schmerz
und legte sich wie Steine auf mein Herz
hattest du nicht vor solchen Verletzungen Angst?
war es deine Freiheit um die du so bangst?

suchtest du Liebe um vor Nähe zu fliehen?
aus reiner Liebe, ließ ich dich deiner Wege ziehen
vielleicht sind wir zu einem Wiedersehen bereit
an einem anderen Ort, zu einer anderen Zeit

Eines Tages

Eines Tages werde ich dir gegenüberstehen
du wirst die Augen haben mich zu sehen

und sanft deine Seelentiefe berühren
dich in eine neue Welt entführen

küssend deine Sinne wiederbeleben
deinem Herzen neuen Rhythmus geben

leichtes Licht in deine Gedanken legen
deine Magie in dir weiterbewegen

deine Tiefs in ein Hoch ziehen
tanzend überall hin mit dir fliehen

deine Glückseligkeit nie verpassen
dich unsagbar liebend fliegen lassen

Traumnachricht

Einmal träumte ich
von einer speziellen Nachricht

sie hat mich tief im Herzen berührt
und vor Freude zu Tränen gerührt

es war der Traum, daß du mir schreibst
und für immer bleibst

Zauber

Die Jahre ziehen vorüber, du veränderst dich
doch du bist immer noch die Welt für mich

das Leben schreibt Zeichen in dein Gesicht
aber sie nehmen dir deine Schönheit nicht

die Leidenschaft nimmt andere Formen an
doch nur so, daß ich nie widerstehen kann

die Liebe malt neue Bilder und Träume
aber du schaffst dafür Wege und Räume

Mein König

Wenn du verstehst, wer ich sein kann und bin
nimmst du meine Liebe nicht einfach nur hin

liest den Glanz meiner Worte und Gedanken
engst nicht ein, noch setzt du mir Schranken

siehst das Licht meiner Seele im Handeln
verlangst nicht von mir mich zu verwandeln

weil meine Liebe ein großes Königreich ist
wenn du die Angst verlierst und bereit bist

Fremder

Unter Hunderten
im großen Menschengewühl sehe ich dich
du lächelst und unsere Blicke treffen sich

längst haben unsere Augen all das gesagt
was niemand von uns auszusprechen wagt

mein halbes Leben lang suchte ich nach dir
wie vom Himmel gesandt stehst du vor mir

ich lese Geheimnisse in deinem Gesicht
so vertraut bist du, es ist als kenne ich dich

das Gestern hat es niemals zuvor gegeben
durch deinen Kuss beginnt ein neues Leben

Sehnsucht

Die Zeit zieht sich langsam dahin, wenn ich nicht bei dir bin
Sehnsucht breitet sich aus, Träume kommen mir in den Sinn

will mich fallenlassen in unserer Zweisamkeit
austoben süße Lust für lange Zeit

kann es mit keinem Wort auch nur annähernd sagen
nur schwer ist deine Abwesenheit für mich zu ertragen

Sternenklar

Wenn jemals der wundervolle Glanz eines Sterns erlischt
werde ich einen Weg finden und ihn stehlen für dich
dann schleiche ich heimlich, damit mich niemand erwischt

alle Sterne werden bestimmt dichter zusammen rücken
ich bin sicher, Engel werden einmal ein Auge zudrücken
und niemals werden sie deshalb traurig sein und weinen
sie ahnen, dieser Stern wird durch dich schöner scheinen

sein Glanz wird stärker und größer als er es je gewesen ist -
ohne Schatten eines Zweifels- wenn du und ihm Nahe bist

Lass mich

Lass mich noch für eine Weile über dem Boden schweben
von deiner beflügelnden Liebe umgeben

genießen so wie es jetzt in diesem Moment ist
jede Sekunde leben, die du mir nahe bist

und nur dankbar aus allen Glückswolken fliegen
um in deinen wartenden Armen zu liegen

Ich liebte Dich

Ich liebte dich
natürlich wie eine Nacht den Mond trägt
und nur wahre Liebe unsere Seele prägt

sanft wie sich eine Tänzerin bewegt
und frühe Sonne sich über den Tag legt

losgelöst wie ein Schmetterling fliegt
und pure Freude im Raum liegt

lebendig wie das Meer ein Wellenspiel treibt
und weicher Strand sein Muster schreibt

unschuldig wie ein Herz zu schlagen beginnt
und bunte Blätter aufwirbeln im Wind

leidenschaftlich wie ein Sänger ein Lied singt
und ein inniger Kuß uns außer Atem bringt

leicht wie ein Wort sich im Lachen verliert
und die Verliebtheit uns verwirrt

ängstlich wie ich über tiefe Gefühle sprach
und mein Herz schließlich brach

Sie

Sie hat dich weder verdient, noch schätzen gelernt
dein großartiges Wesen ist Welten von ihr entfernt

wenn sie Zuneigung vorgibt und dich nur belügt
ihre Intrigen spinnt und immer wieder betrügt

kann ihre Macht nur auf Kosten anderer erreichen
für Ruhm und Erfolg geht sie sogar über Leichen

während sie sich erfreut im vermeintlichen Sieg aalt
und öffentlich mit ihrem angeblichen Wissen prahlt

neugierig darauf, was ihr dein Untergang jetzt bringt
in der Hoffnung, daß es ihr auch wirklich gelingt

deinen großen Kummer gewiß nicht mit Dir teilt
wissend dein Herz ist von alten nicht Wunden geheilt

sie wird der Liebe niemals so nah sein, wie du es bist
weil sie solch edlen Gefühlen nicht mächtig ist

Wer bist Du

Wer bist du, der mir sagt wer ich bin
ob ich zu gehen habe und wohin

wie ich sein soll und was ich kann
ob ich da sein muß und wann

was richtig ist und gut für mich
ob ich leben muß durch dich

was zu tun und zu Lassen ist
ob ich niemand bin und du alles bist

Zeremonie

Heute werfe ich deine Briefe fort
erwähne von dir nie wieder ein Wort

bade deine Umarmung vom Körper mit Schaum
pflanze auf deinem Parkplatz einen großen Baum

höre mir ein fröhliches Liebeslied an
freue mich, weil ich mitsingen kann

kämme mir deine Berührung aus dem Haar
übermale die Lippen, wo einst dein Kuss war

hülle mich in mein schönstes Festkleid ein
öffne die kostbarste Flasche roten Wein

putze deine Schritte aus dem Haus
lasse deinen Duft zum Fenster hinaus

spüle deinen Appetit von Geschirr und Besteck
poliere deine schlechten Manieren einfach weg

schlafe mit ein paar mehr weichen Kissen ein
lasse deine Träume nicht in mein Zimmer hinein

geh‘ nur schnell zurück woher du gekommen bist
weil diese Zeremonie mein Abschiedsgeschenk für dich ist

Es ist Zeit

Es ist Zeit
für mehr Ehrlichkeit und weniger Selbstmitleid
für viel mehr Gerechtigkeit und Offenheit

für mehr Herzlichkeit und weniger Neid
für noch mehr Liebe und Menschlichkeit
meinst du nicht, es ist Zeit?

Herbst

Der Herbst ist orangerot, wenn es Blätter schneit
erzählt mir über die Welt und eine andere Jahreszeit

wenn es regnerisch ist und die Tage plötzlich kürzer sind
während die Sonne sich durchkämpft im kühlen Wind

ich will zuhören und sorglos im hohen Gras träumen
aber keine Minute meines Lebens versäumen

Tagträume

Schließe deine Augen, stell' dir vor, du bist an einem Strand
unter deinen Füßen spürst du den weichen, warmen Sand

frühe Sonnenstrahlen und sanftes Windspiel umarmen dich
alles ist auf so selige Art lebendig und doch ruht es in sich

das Rauschen des blaugrünen Meeres im weichen Wellengang
ist verlockende Einladung und zugleich beruhigender Klang

alle Schönheit dieser Welt liegt verborgen an diesem Ort
süße Düfte und wundervolle Farbenpracht findest du dort

das Laut des grauen Alltags und rauhe Hektik existieren nicht
alles liegt in einem zauberhaft friedlichen Regenbogenlicht

was ist ein Tag ohne einen Traum
lasse los und gebe ihm Raum

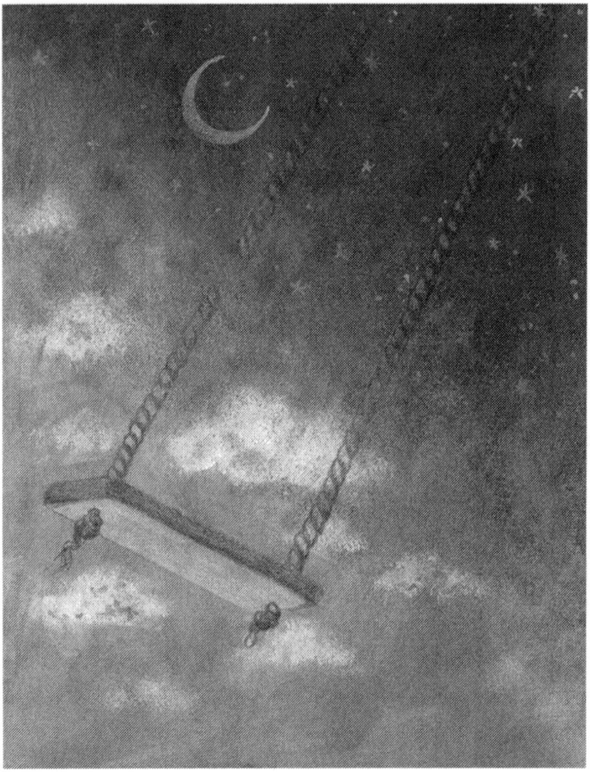

Welch‘ große Freude

Unbeschwerte Tage und Grübchen in einem Gesicht
schillernde Tautropfen auf einer Blüte und Sonnenlicht

das tiefe Vertrauen und in der Not die helfende Hand
Neuigkeiten von Freunden aus einem fernen Land

Trost und lieben Zuspruch in einer schweren Zeit
Tiefe, ehrliche Zuneigung und erwiderte Zärtlichkeit

Wünsche, die sich erfüllen und Traumverwirklichung
das Erreichen großer Ziele und kostbare Erinnerung

wunderbare Versöhnung nach verletzendem Streit
ehrliche Worte, die kleine und große Gemeinsamkeit

die Tatsache, daß jeden Morgen die Sonne aufgeht
Wissen und Fortschritt und wie das Leben entsteht

ein alter Mensch, der sich Herzlichkeit bewahrt
bestandene Prüfungen und jeden gelungenen Start

die Chance und Kraft Alles zu tun und zu geben
welch‘ große Freude über die Liebe und das Leben

Geliebte Freunde

Immer da und seelenverwandt
kluger Rat und reichende Hand

wacher Zuhörer und guter Ton,
Erzähler und Vertrauensperson

Humor und Vertrautheit
Zustimmung und Dankbarkeit

herzliche Umarmung und Kuß
gute Laune und großer Genuß

Treue und tiefe Aufrichtigkeit
Entspannung und Heiterkeit

niemals Streit, sondern Diskussion
stille Betrachter und Inspiration

vertraute Nähe trotz Abwesenheit
wir sind eins in unserer Verbundenheit

Kindheit

Wir sind durch die Straßen gerannt
waren immer auf Abenteuer gespannt
ob es in Strömen regnete oder schneite
auf der Suche nach Freiheit und Weite

lachende Kinder, die Streiche spielten
sorgten uns nicht, für wen sie uns hielten
wir haben über Geheimnisse gesprochen
aber niemals ein Versprechen gebrochen

zwischen uns nur die sündhafte Leichtigkeit
auch zum Berge versetzen waren wir bereit
hofften nicht auf großen Erfolg und viel Geld
sondern träumten von einer besseren Welt

das ‚Zu Viel' an Wort und Tat nie gewagt
und trotzdem mutig die Wahrheit gesagt
gelacht auch wenn es nicht erwünscht war
zusammen waren wir einfach unschlagbar

ich bewahre mir ein kleines Stück Kindheit
und erinnere mich zurück an diese Zeit

Bevor du gehst

Erinnere dich unseres Flüsterns in überfüllten Räumen
und heimlicher Küsse hinter Rosenhecken und Bäumen

jene flüchtigen Berührungen, die Magie in sich trugen
der Musik unserer Herzen, die im Einklang schlugen

ungezügelter Leidenschaft bis morgens die Sonne aufging
Ungeduld aneinander zu sehen bis ein neuer Abend anfing

Gespräche, die wir humorvoll und auch ernsthaft führten
weinen über manche Dinge, die unsere Herzen berührten

halte mich nur noch einmal, so wie es am ersten Tag gewesen
lass' mich Hoffnung über ein Vielleicht in deinen Augen lesen

bevor du gehst, schließe nicht einfach die Tür hinter dir
sieh' dich noch einmal lächelnd um nach mir

Entscheidung

Ist es Liebe, wenn ein Lächeln unser Herz zum Höhenflug bringt.
Alles rosa - rot wird und das schon innerhalb einer Sekunde gelingt

wir Ansichten ändern und Vieles mit ganz anderen Augen sehen,
wenn wir vertrauen und uns auch ohne Worte verstehen

plötzlich empfindsamer sind und trotzdem leichter verzeihen
wir mutig entscheiden, nichts könnte je wertvoller sein

auf einmal vorgeben, wir hätten uns nie zuvor gesehen
und genauso schnell bestimmen getrennte Wege zu gehen

nicht kämpfen sondern notwendig wird, ein Herz zu brechen
und entscheiden, miteinander nicht mehr zu sprechen

Ich wünschte

Ich wünschte, ich könnte antworten auf deine Fragen
deine Last und Kummer für dich ertragen

deine Wege gehen, die schwierig erscheinen
Sorgen nehmen und manche Tränen weinen

Ängste und Nöte für dich durchstehen
Alpträume für dich erleben und sehen

alles Wissen und großen Mut dir lehren
Gefahren und Böses für dich abwehren

ich wünschte, ich könnte noch einmal leben
für die Chance dir all meine Liebe zu geben

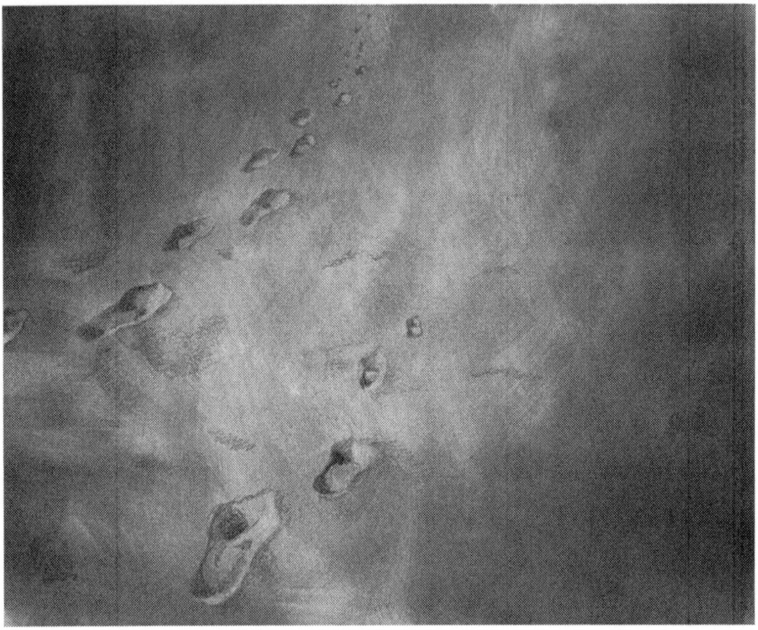

Vergiß nicht

Ich werde da sein, was auch immer geschieht
dich achten, wenn dich niemand mehr sieht

zuhören, wenn du nicht weißt, was zu sagen ist
unterstützen, wenn andere dir sagen wer du bist

dich begleiten, wenn du verlassen wirst
und du das Ziel aus den Augen verlierst

respektieren, wenn andere auf dich herabsehen
dir glauben, sollten sie dich hintergehen

vergiß nicht
in meinem Herzen ist immer ein Platz für dich

Einmal mehr

Einmal alles tun, was mir gefällt
alles sehen von dieser Welt
in süßem Fruchtsaft baden
ziehen am seidenen Faden
den großen Traum erfüllen
ein Geheimnis enthüllen
durch Mohnblumenfelder rennen
alle Rechnungen verbrennen

auf hohen Wolken fliegen
auf sanften Federn liegen
alles mit Zucker begießen
mit wilden Wellen fließen
den höchsten Berg erklimmen
gegen den Strom schwimmen
auf den Sonnenaufgang warten
stehlen aus Nachbars' Garten

barfuß tanzen im Sommerregen
alles Unbewegliche bewegen
langsam über das Wasser gehen
Schneeflocken genau ansehen
unbesorgt die Wahrheit aussprechen
lästige Regeln einfach brechen
die Perle einer Muschel finden
alle Sorgen und Ängste überwinden